AD COMITEM DE CHEVIGNÉ

JOCULARIUM AUCTOREM POËMATUM, QUIBUS TITULUS :

LES

CONTES RÉMOIS

Quum duas ex suis ei fabulis,
latino sermone translatas,
mitteret

IN ACADEMIA PARISIENSI PROFESSOR EMERITUS

CHAPPUYZI

SPARNACI

Ex Typographia V. FIÉVET, via Flodoard, 10

ANNO MDCCCLXIV

LES

CONTES RÉMOIS.

Ye   1841

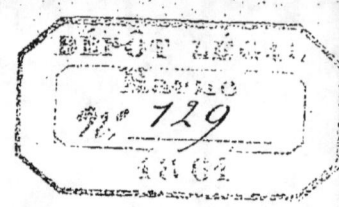

AD COMITEM DE CHEVIGNÉ,

Jocularium auctorem poëmatum, quibus titulus :

LES

CONTES RÉMOIS;

Quum duas ex suis ei fabulis, latino sermone translatas, mitteret

IN ACADEMIA PARISIENSI PROFESSOR EMERITUS

CHAPPUYZI.

SPARNACI.

EX TYPOGRAPHIA VICTORIS FIÉVET.

VIA FLODOARD, 10.

—

ANNO MDCCCLXIV.

1864

Post meditata diu Rhemorum carmina, versus
Quos cecini accipias, pignus amicitiæ.

Die 8ᵃ mens. 8ᵇʳⁱˢ, 1863.

LA BATELIÈRE.

Un soir d'été, Rose la batelière,
Assise au bord d'une barque légère,
Gaîment chantait et se mirait dans l'eau.
Rose a seize ans, et son joli visage
Semble un bouquet cueilli sur le rivage,
Dont le patron vient d'orner son bateau.
Les yeux fixés sur l'onde fugitive,
Elle attendait qu'il vînt des voyageurs
Pour les passer de l'une à l'autre rive.
Mais le jour baisse, et la voix des pasteurs,
Se répondant au loin sur les hauteurs,
Lui dit aussi de rentrer au village.
Rose, attirant son bateau sur la plage,

PUELLA NAVICULARIA.

Sederat, æstivo sub vespere, lintris ad oram
Anna, canens lætum et vultus spectabat in undis.
Anna bis octonos habet annos, pulchraque visu
Ora fere credas decerpta in margine serta,
Quæ modo naviculæ decori dedit esse magister.
Illa viatores, fugitiva lumina lympha
Fixa tenens, donec veniant exspectat et hæret,
Ulteriorem ut eos ad ripam transvehat amnis.
Sed jam prona dies, resonæque e collibus altis
Pastorum voces procul hanc quoque limina pagi
Ut repetat suadent. Jam cymbam admovit arenæ,

Va s'éloigner, quand deux jeunes chasseurs,
L'argent en main, demandent le passage.
Les voyageurs étaient des Champenois,
Riches, bien faits, tous deux de noble race,
A qui l'amour accordait droit de chasse
Par tous pays. Aussi nos gais Rémois
En la voyant s'étaient dit à voix basse :
« La batelière est un gibier de roi ;
« A nous ceci, puisqu'Amour nous l'envoie. »
L'un deux reprit : « Qui de vous ou de moi
« Doit le premier se saisir de la proie ?
« — Tirons au sort, » répond l'autre chasseur ;
« Deux brins de blé d'inégale grandeur
« Entre nos mains vont décider l'affaire. »

De son bateau Rose les voyait faire
A deux pas d'elle et riait de leur jeu,
Sans se douter qu'elle était leur enjeu ;
Quand l'un, usant du droit de préséance,
S'approche et dit : « Belle, deux amoureux
« Sont à vos pieds, donnez-leur l'espérance
« Que vous serez charitable pour eux ;
« Car autrement, pour vous punir, friponne,

Jamque domum ire parat, gemini florente juventa

Quum venatores pateat sibi transitus orant,

Porrecto aere. Tulit Campania scilicet ambo

Forma opibusque pares; claro genere ortus uterque est;

Venandi cunctis et Amor permittit habenda

Jura locis. Ideo, conspecta virgine, læti

Furtiva inter se Rhemi clam voce susurrant :

« En præda occurrit dignissima rege vel ipso ;

« Oblatum celeres donum arripiamus Amoris. »

Unus ait : « Mihine hæc parta est prius, an tibi cedet ?

« — Ducamus sortes, » venator rettulit alter ;

« Triticei in manibus duo mensura impare culmi

« Rem diriment. » Propius de lintre videbat agentes,

Ridebatque jocos, non causam pignoris ipsam

Esse putans ; unus sedis quum jure prioris

Usus, eam hoc ultro alloquitur sermone propinquans :

« Sistitur ante pedes par supplex, bellula, amantum ;

« Fac sperent fore te promptam miserescere nostri ;

« Sin aliter merita mulctaberis, improba, pœna,

« Chacun prendra ce qu'il veut qu'on lui donne. »

A ce propos, Rose a peur et veut fuir ;
Mais par le bras se sentant retenir,
En fille adroite, elle a recours aux larmes.
Ce fut en vain : on se rit de ses pleurs.
Rose se voit un prisonnier sans armes,
Qui va subir la loi de ses vainqueurs ;
Quand, s'avisant d'une ruse de guerre :
« Mes beaux Messieurs, puisque j'ai su vous plaire,
« Vous me voyez prête à vous obéir.
« Dans mon village on n'est pas si sévère :
« Fille qui prend en cachette un plaisir
« Se garde bien de l'aller dire à Rome.
« Mais est-il sûr, si je cède à vos vœux,
« Que le secret soit gardé par vous deux ?
« — Ah ! de jaser serait d'un mauvais homme.
« J'en donne ici ma foi de gentilhomme,
« Car je suis Comte. — Et moi, foi d'amoureux
« Et de Baron ! — Je crois votre promesse, »
Reprit la fille. « Oui, je serai comtesse,

« Quodque datum sibi vult rapiendo quisque tenebit.»

Cogitat Anna fugam graviori territa dicto ;
Cauta sed ad lacrymas prensata confugit ulna.
Necquidquam : spreti fiunt ludibria fletus.
Heu ! dolet ut mœrens armis captivus ademptis,
Qui victoris heri leges jamjamque subire
Cogitur, illa dolis quum belli instructa profatur :
« Magnanimi proceres, nostri si gratia tanti est,
« Cernitis imperio jam nunc parere paratam.
« Non hæc esse mei solet inclementia pagi,
« Et si quos virgo patitur sine teste hymenæos,
« Huic facinus perquam cautum est efferre sub auras.
« Anne tamen fixum, si votis obsequor ultro,
« Servare arcanum vobis mentem esse duobus
« Præterea? — Oh! garrire nefas hominisque maligni.
« Stemmate patricio fretus nunc juro; Comes sum.
« — Esto fides quoque amatori mihi et esto Baroni.
« — Promissis confido, » refert. « En alea jacta est :
« Uxor ero hinc Comitis nimirum uxorque Baronis ;

« Baronne aussi, puisque le veut l'amour.

« Mais, mes Seigneurs, que chacun à son tour

« Vienne avec moi dans un lieu solitaire.

« Vous le savez, l'amour veut du mystère. »

Le marché fait, l'on vogue et le baron

Ayant pris terre : « Au revoir ; sois tranquille,

« Nous reprendrons Robinson dans son île, »

Criait gaîment le joyeux compagnon

Que menait Rose en une île voisine.

Eux arrivés, pendant qu'elle fait mine

Contre un rocher d'attacher son bateau :

« Ami, » dit-elle, « au pied de cet ormeau

« Voyez un peu si l'herbe ou la fougère

« N'est point humide. » A peine est-il à terre,

Qu'un coup de pied met la barque à vau-l'eau.

Le jeune comte, à qui la courte paille

Avait donné le pas sur le baron,

Etait sous l'orme, et pendant qu'il travaille

A faire un lit de fleurs et de gazon,

Il se disait : « Ma foi, je me sens homme

« A bien user aujourd'hui de mon droit;

« Que Robinson, s'il le veut, fasse un somme,

« Je n'aurai pas si tôt fait qu'il le croit. »

Dans ce moment il se retourne et voit

Sur son bateau Rose au loin qui lui crie :

« Jussit amor. Tutum, proceres, sed uterque recessum

« Perque vices una subeat ; vos non fugit , osor

« Lucis amor latebris gaudet. » Tum denique , pacto

Fœdere , corripiunt iter , expositoque Barone :

« Vive , vale , » lætus clamabat , eum insula vectans

Qua prope adest cymba dum remigat Anna , « quietus

« Esto ; Robinsonem , sua quem tenet insula clausum,

« Mox repetemus. » Ubi jam devenere, phaselum

Ad cautes religare levem dum velle videtur :

« Interea cernas , o amice , sub arbore , » dixit ,

« Anne filix madeat vel cespes. » Hic appulerat vix ,

In mediam impacto pede quum ratis exsilit undam.

At Comes (huic partes stipula breviore priores

Obtigerant), dum rapto inhiat lectumque sub ulmo

Floribus et viridi consternere fronde laborat ,

Hæc secum : « Egregie , ni fallor , munus obire

« Fert animus ; fas , ut libet , obdormire , Robinson ,

« Tam cito nec quam reris erit, mihi crede, peractum ; »

Conversusque procul de cymba prospicit Annam

« Comte, sous l'arbre achevez votre lit,

« N'épargnez pas l'herbe tendre et fleurie ;

« Vous n'aurez point d'autre lit cette nuit. »

Rose, en courant, arrive à son village,

Va chez le maire, et, sans rien déguiser,

Lui dit comment elle a su mettre en cage

Deux loups cruels prêts à la dévorer.

Le magistrat était prudent et sage,

Il va trouver nos hommes en prison :

« Vous êtes pris, et pris de bonne guerre.

« Votre vainqueur exige une rançon :

« De mille écus dotez la batelière,

« Je vous délivre et promets de me taire. »

Chacun paya. Mais le secret, dit-on,

Fut mal gardé. Les enfants de la ville,

Voyant passer le comte et le baron,

Disaient entr'eux : « C'est le comte de l'Ile,

« Et son ami le baron Robinson. »

Clamantem : « Patula thalamos absolve sub umbra ,

« Florida nec desit tibi cespitis herba tenelli ;

« Non torus alter ubi recubes te, hac nocte, manebit. »

Præcipiti ad pagum cursu defertur , aditque

Prætorem , huicque nihil commenta enarrat, ut arctis

In septis duo monstra , lupos sibi dira minantes,

Liquerit. Hic, rebus prudens cautusque gerendis ,

Convenit inde viros inopino carcere pressos :

« Legitimo captos cepit vos marte virago ,

« Nec nisi præsenti victrix mercede redemptos

« Dimittet : nummos in dotem mille puellæ

« Pendite , vincla levat spondetque silentia judex. »

Solvit uterque ; fides minus at servatur, ut aiunt ;

Nam Comes atque Baro quum prægrediuntur in urbe,

Hæc pueri mussare :« *Comes* tibi *ab Insula* hic ille est,»

Et rursus : « Comiti *Baro* compar ille *Robinson.* »

Sint queis fulmineo defertur epistola filo,
    Quave vaporatum lamina signat iter ;
Quem festa, Lodoix, mitto tibi luce, meorum
    Votorum falco nuntius ales erit.

LE FAUCON.

Ducs et marquis peuplaient jadis leur cour
De damoiseaux , enfants de haut lignage ,
Qui d'obéir faisaient l'apprentissage,
Pour mériter de commander un jour.
Dans les combats, près du seigneur, le page
N'avait qu'un maître ; au château de retour,
Ce serviteur , au cœur jeune et novice ,
Passait les jours dans un double service ,
Pour second maître ayant encor l'Amour.
Ce maître-là souvent a maint caprice :
Il est fantasque , impérieux , grondeur ;
Mais de sa bouche un seul mot de douceur
Fait oublier l'humeur et l'injustice.

FALCO.

Marchio duxque sua, pubem altæ stirpis, ephebos,

Quorum turba frequens, olim informabat in aula,

Discentes parere, ipsi ut dare jura mererent.

In bellis, domino pugnæ comes additus, uno

Utebatur hero puer; in castella reversus,

Corde rudis molli, vitam bis servus agebat,

Utpote cui latis herus in penetralibus alter

Imperitabat Amor. Vagus, ut fert sæpe libido,

Asper et hic querulusque herus; at si vocula blando

Excidat ore, trahit non justæ oblivia bilis.

Oh ! qu'il est doux cet âge du bonheur !
Je l'ai passé ce temps de l'esclavage ;
Mais en lisant cette histoire d'un page,
Ainsi que moi peut-être mon lecteur
Se souviendra des jours de son jeune âge.

Avant d'entrer sur le sol champenois,
Le voyageur, qui de Soissons chemine
Aux murs de Braîne, admire la colline
Qui porte encore, au milieu de ses bois,
D'un vieux château l'imposante ruine.
C'était toujours sur le sommet des monts
Que se nichaient, ainsi que des aiglons,
Ces fiers Barons qui partageaient la France.
Dans ce donjon, que le temps a noirci,
Un descendant de nos Montmorenci
Sous Henri deux fixa sa résidence.
Jamais seigneur n'aima plus la dépense :
Tout s'y trouvait, chevaux, meutes, faucons,
Jeunes beautés et jeunes échansons,
Tous les plaisirs des champs et de la ville.
Notez encor qu'à ses désirs facile,
L'Hymen avait conduit dans ce séjour

Ut gratum ridet, qua nulla beatior, ætas !
Præteriere mihi demptis hæc tempora vinclis ;
Sed pueri historiam nostro quicumque libello
Legerit, hic lætos, tanquam nunc ipse recordor,
Gaudebit fortasse dies meminisse juventæ.

Ante, Suessonum pergens ex urbe viator,
Quam sua Campanis vestigia figat in arvis,
Brænarum miratur adhuc prope mænia collem,
Qui veteris grandes, nemora inter opaca, ruinas
Castelli attollit. Nam semper vertice montis
Congessere truces, aquilarum more, Barones,
Cesserat in partes quibus ense subacta viritim
Gallia. In hac nigra seclis volventibus arce,
Montemoranciaco generata e sanguine proles,
Henrico sedem statuens regnante secundo,
Constiterat. Nemo in sumptus effusior ibat :
Hic et falcones et equi et numerosa canum vis,
Ad cyathos prompti juvenes pulchræque puellæ,
Deliciæque omnes aderant et ruris et urbis.
Adde quod egregiis cumulatam dotibus illuc

Femme accomplie , et telle que l'Amour
Soir et matin l'enviait à son frère.
Mais la duchesse , à tout amant contraire ,
N'aimait personne , excepté son époux.
Ce n'était pas une tendresse extrême :
Chacun de nous sait comme en France on aime ,
Après un an , le mari le plus doux.
Le petit Dieu qui commande à Cythère
S'en courrouçait et brûlait de ses feux
Un jeune page aussi beau qu'amoureux ,
Faisant sur lui retomber sa colère.

Depuis six mois , en secret consumé ,
Il n'attendait que le moment propice
D'ouvrir son cœur à cet objet aimé.
Ce moment vint. L'Amour , toujours complice
Quand il s'agit de tromper un époux ,
A d'un tournoi fixé le rendez-vous.
Le duc s'y rend en pompeux équipage ;
Mais Lusignan , c'était le nom du page ,
Au premier vent qu'il a de ce départ ,

Uxorem facilis votis adduxerat Hymen,

Qualem Amor invideat fratri noctesque diesque.

Hactenus innumeris at amantibus aspera conjux ;

Sordet amor, nisi quem justi sanxere Hymenæi.

Hanc ne forte suo credas arsisse marito :

Notum ut, apud Gallos, post primum quælibet annum,

Vel miti conjuncta viro, recinatur amare.

Pusio regnator Cypri Stomachatur et urit

Hinc face quemdam aliis formosum et amore calentem

E famulis, in eum translata nequiter ira.

Est tabes, sextum jam mensem, cæca medullas,

Exspectatque diem, qua nactus commoda fandi

Tempora, clam sensus animi recludat amatæ.

Adfuit illa dies. Furtorum Amor usque dolique

Conscius, insidiis conjux si forte petendus,

Ludicra primores vocat ad certamina, dicta

Ante die. Dux magnifico, mora nulla, paratu

Jussum carpit iter. Sed Lusinianus (ephebo

Nomen erat), subiti primam rumoris ad auram,

Se met au lit et feint d'être malade.

Il fallait voir vraiment avec quel art

Il sanglotait à chaque camarade

Qui, le croyant souffrant et malheureux,

Le consolait au moment des adieux.

Après deux jours de feinte maladie,

Il est debout et court plein de santé.

Je faux : le mal qui tourmente sa vie

Est trop réel, quoique la Faculté

Parmi ses maux ne l'ait jamais compté.

Ce doux moment après lequel le page

Tant soupirait, l'heure enfin de parler

Sonne au château : le voyez-vous voler

Jusqu'à la porte, et là, perdant courage,

Sans voir sa dame à pas lents s'en aller ?

Mais à son sort l'Amour qui s'intéresse

Le pousse enfin jusque chez la duchesse.

Elle était seule, et Lusignan tremblant,

A sa pâleur, semble un convalescent.

Avec bonté la dame à côté d'elle

It cubitum, mœsto velut ægrotantia ponens

Membra toro. Tunc cernere erat qua callidus arte

Singultim fleret, dum credula quisque sodalis

Digrediens addit miseri solatia casus.

Vix bene condiderant binos mendacia soles,

Quum jam convaluit cursatque huc sanus et illuc.

Fallor, namque malum præcordia verius angit,

Hoc quamvis inter sua nunquam habuere medentes.

Hæc puero votis optata flagrantibus hora,

Tam blandi affatus qua copia detur, ab alto

Castello insonuit. Viden' ut rapiatur ad ipsas

Usque fores, animoque ibi deficiente, recedat,

Ante, gradu lento, dominam quam viserit intus?

Hunc demum æquus Amor quæsita ad limina trudit.

Sola sedet mulier; totis tremit artubus ille,

A morboque recens nimio pallore videtur.

Comiter exceptum juvenem jubet ut sibi juxta

Le fait asseoir et lui témoigne un zèle
Propre à calmer l'effroi du pauvre amant.
Le vermillon reparaît sur la joue
Où la duchesse a promené sa main :
« Votre santé, » dit-elle, « je l'avoue,
« Depuis longtemps me cause du chagrin.
« Cet air rêveur plus encor m'inquiète :
« N'auriez-vous pas quelque peine secrète ?
« Parlez sans feinte. — Un malheureux amant »
Répond le page, « occupe ma pensée.
« Car la beauté qu'il aime éperdûment
« Est noble et fière, et lui, timide enfant,
« Dès qu'il la voit sent sa langue glacée,
« Et n'ose point parler de son tourment.
« Il va mourir. — Bah ! » reprit la duchesse ;
« Pourquoi se taire et craindre un vain courroux ?
« Le tendre aveu de l'amour est si doux,
« Que votre ami de sa belle maîtresse
« Aura merci, j'en ferais la promesse.
« — Eh bien ! je suis cet amant malheureux, »
Dit Lusignan, « et vous devez, Madame,
« Me pardonner, si mon cœur amoureux

Assideat, simul obsequium testata, misello

In trepidis quod sit rebus lenimen amanti.

Puniceus tenuata color revocatur in ora,

Quæ manus attactu molli demulsit inerrans :

« Me dudum, fateor, gravis ex languore remordet

« Cura tuo; obductam fronti magis anxia nubem

« Adspicio. Num quis latet imo pectore mœror ?

« Candidus eloquere.—Heù! nimium infelicis amantis,»

Respondet, « memini totus defixus in illo.

« Femina enim speciosa nimis, quam deperit amens,

« Nobilitate tumet; contra hic pudibundus et infans,

« Ut vidit, veluti gelida obmutescere lingua

« Cogitur, hand sævos ausus narrare dolores.

« Instat mors propior.—Vah! quid silet,» illa reponit,

« Et sibi diffidens iram formidat inanem ?

« Gaudet inexpletum mulier quæ se audit amari ;

« Me spondente, tuus veniam impetrabit amicus.

« — En ego is infelix coram adsum, dixit, amator ;

« Parcendumque, tui si quo nunc urar amore

« Ose à genoux vous déclarer sa flamme.

« Si mon amour peut offenser votre âme ,

« Je suis coupable , ordonnez de mon sort ;

« J'attends ma grâce ou l'arrêt de ma mort. »

A ce discours , la noble châtelaine

Soudain se lève et , d'une voix hautaine ,

Commande au page à l'instant de sortir :

« Bientôt le duc aura fait son voyage ;

« Mon premier soin sera de l'avertir

« Du zèle ardent que lui montre son page.

« Sortez , dit-elle , et ne paraissez plus.

« — Vous obéir , » dit Lusignan confus ,

« Fut et sera toujours ma loi suprême.

« Si , malgré moi , par un fatal aveu ,

« J'ai pu blesser celle que mon cœur aime,

« De la venger je prendrai soin moi-même ;

« Dans quelques jours vous me plaindrez ; adieu. »

Disant ces mots , il quitte la duchesse,

Se met au lit et forme le dessein

De fuir le jour et de mourir de faim.

« Significare tibi, domina, ausim poplite flexo.

« Si quid noster amor potuit delinquere, nostrum

« Crimen erit; de sorte rei tu videris ipsa;

« Aut veniam aut promptam opperior, te judice, mortem. »

Surgit ad hæc matrona furens et, voce minaci,

Actutum jubet hunc exire : « Peregerit oris

« Mox vir ab externis iter; hunc quo ferveat ardens

« Servulus in dominum studio mihi prima monere

« Cura erit. Absiste hinc, ne regrediare caveto.

« — Est et simper erit mihi lex suprema jubentis

« Imperio parere, » pudens hic inquit. « Amorem

« Fassus eam invito, qua nil mihi carius, ore

« Lædere si potui, crimen fatale querentem .

« Curabo ulcisci; me mox, hera celsa, dolebis;

« Jamque vale. » Hæc dicens retro vestigia torquet

Et stratis procumbit iners. Mens scilicet olli

In tenebris lentaque fame dissolvere vitam.

Deux jours entiers, fidèle à sa promesse,
L'amant s'obstine à pleurer et jeûner.
D'abord la dame avait de badinage
Traité ce vœu ; mais enfin son courage,
Qui va croissant, commence à l'étonner.

Dans le château la prompte Renommée
A publié que, du tournoi vainqueur,
Le duc revient, escorté d'une armée
De chevaliers témoins de sa valeur.
Avec fracas déjà le pont s'abaisse
Pour l'écuyer, qui vient à la duchesse
De son époux annoncer le retour.
L'ordre est donné de fêter ce grand jour.
Lusignan seul dans ce séjour ne veille
Que pour pleurer ; quand au pied de son lit,
Une voix douce a frappé son oreille.
A cette voix le page tressaillit ;
Il se soulève, et, voyant sa maîtresse :
« Mes yeux, » dit-il, « ne me trompent-ils pas ?
« Eh quoi ! j'aurais, aux portes du trépas,

Propositi jacet usque tenax constansque, duosque

Ille dies solidos lacrymis jejunia miscet.

Tum persuasa prius dictis hunc esse jocatum,

Jam stupet ad mentis robur quod crescit in horas.

Per castella tamen vulgavit prompta volatu

Fama Ducem nunc, turma equitum comitante, reverti,

Quos habuit laudis testes certamine victor.

Jam fragor auditur demissi pontis, ut intro

Missus eques reducem jamjam adventare maritum

Nuntiet uxori. Festa celebrare jubentur

Huncce diem pompa. Sed Lusinianus in amplis

Ædibus ad flendum vigil unus, blanda repente

Attonitas quum vox aures procul impulit ima

Parte tori. Ille tremens, audita voce loquentis,

Erigitur dominamque videt : « Num lumina fallunt?

« Rursus, » ait, « leti jam limine, blanda voluptas

« Le doux plaisir de vous revoir, duchesse ?

« — Cessez, » dit-elle, « un discours qui me blesse,

« Je vous l'ai dit. Lusignan, levez-vous !

« Venez servir aujourd'hui mon époux ;

« Nous l'attendons. Je tairai vos offenses,

« Si le devoir ainsi que mes instances

« Peuvent enfin vous rendre à la raison. »

En soupirant le page lui répond :

« Combien, Madame, à mon cœur il en coûte

« A tous mes torts de joindre un tort nouveau !

« Bientôt la Mort, qui creuse mon tombeau,

« Mieux que le duc vous vengera sans doute ;

« Mais laissez-moi me flatter, en mourant,

« Qu'au souvenir du plus fidèle amant

« Vous daignerez accorder quelques larmes. »

De Lusignan la voix pleine de charmes,

Cette pâleur, gage de son amour,

Ses traits charmants, son respect, sa jeunesse,

Tout conspirait à vaincre la duchesse;

Quand la trompette a du haut de la tour

De son époux proclamé le retour.

Elle descend, et court à la grand'porte

« Te vidisse datur ? — Læsuris pectora verbis

« Pone modum, » retulit, « tibi dixi. Surge, marito

« Et famulare libens ; hodierna hunc luce manemus.

« Celabo commissa, fide tandem et prece victus

« Si resipisse queas. » Suspirans talia reddit :

« O matrona, novam tot culpis addere culpam

« Ut piget! Atra parans mors funera, certius ipso

« Conjuge, mox pœna mulctabit vindice sontem.

« Sed prope semanimus sperem patiaris, amantum

« Si fuero ante alios longe fidissimus omnes,

« Te dignaturam nostri memorem edere fletum. »

Vox plena illecebris, certum quoque pignus amoris,

Pallor in ore sedens et amœni gratia vultus,

Et gravior calidæ reverentia mixta juventæ,

Omnia matronam, juncto quasi fœdere, certant

Vincere, quum celsa tuba signum e turre regressus

Increpuit. Domina ad magnam decurrere portam,

3

Fêter le duc et sa brillante escorte.

L'on a servi : nos joyeux chevaliers
De vin mousseux arrosent leurs lauriers.
Le duc en vain des yeux cherchait son page.
Le repas fait, lorsque pour le jardin
Chacun quittait la salle du festin,
La dame à part prend le duc et l'engage
A visiter son jeune serviteur.
Le duc, frappé de l'extrême pâleur
De Lusignan, sur son mal l'interroge.
L'autre d'abord se répand en éloge
Sur les bontés qu'a pour lui son seigneur ;
Et puis, mettant une main sur son cœur :
« Tout est fini ; la douleur qui m'oppresse
« Je le sens bien, ne se peut soulager.
« — Duc, il vous trompe, » interrompt la duchesse.
« Çà, Lusignan, avant que je confesse
« La vérité, promettez de manger.
« — Vous obéir fut toujours mon envie,
« Mais à manger je ne puis consentir.

Admissura Ducem stipatoresque coruscos.

Exstructas numerosa epulas cinxere corona

Læti equites ; bacchi spumaut adspergine lauri.

Dux famulum, nequidquam oculos per singula volvens,

Quærebat. Mensis tandem quum quisque remotis,

Post lauta ad virides convivia tenderet hortos,

Hæc adolescentem seducto visere suadet.

Perculsus dux horrifico pallore jacentis

Scitatur causas. Hic primum laudibus effert

Clementem Dominum, positaque ad pectora palma :

« Actum est, disperii ; qui me cruciatibus angit

« Nil opis, experior, valeat sedare dolorem.

« — Te fallit, » medio sermone intercipit uxor.

« Lusiniane, cibum capere (ain') promitte, priusquam

« Verum confitear. — Mihi jussa facessere semper

« Mens fuit, at, quod me non est penes, abnego vesci.

« — Eh bien ! sachez, il faut que je le die ,

« Que le jour même où vous deviez partir

« Son mal n'était que feinte maladie ;

« Que dans ma chambre entrant le lendemain....

« — Dans votre chambre ! et qu'y venait-il faire ?

« — Vous le saurez. Lusignan , pour me taire ,

« Répondez-moi , mangerez-vous enfin ?

« — Un jour de plus qu'importe que je vive ? »

Dit Lusignan ; « ma blessure est si vive

« Que sans miracle on ne peut la guérir ;

« Laissez en paix un malheureux mourir. »

Par tant d'amour la dame est attendrie ;

Son but était d'effrayer Lusignan ,

Et , s'il se peut , de le rendre à la vie ,

Sans consentir aux vœux de son amant.

Mais tout à coup , changeant de sentiment :

« Duc , apprenez , puisqu'il faut vous le dire ,

« Que Lusignan voulait votre faucon.

« A ce dessein j'opposai la raison ;

« Mais sur le page elle n'eut point d'empire ,

« Et depuis lors ce jeune damoiseau

« S'en va mourir s'il n'obtient votre oiseau.

« — Ergo rem teneas, o Dux, nam dicere cogor ;

« A nostris qua luce tibi fuit exitus oris,

« Ficto ægrum mentitus erat se nomine morbi ;

« Luce sequente, meum ingressus conclave sedentis...

« — Proh! conclave tuum!...Qua, sodes, mente?—Patebit.

« Heus! fare ut taceam; vin' tandem sumere victum ?

« — Quid solem, » dixit, « spirare diutius unum

« Juverit? Heu! crudum est mihi et insanabile vulnus,

« Ni deus intersit ; sine fungar morte quieta. »

Tantus amor dominam movit; spectabat ephebum

Absterrere minis et, si fas, reddere luci ;

Non tamen ut voti compos frueretur amata.

At nova continuo mentem sententia vertit :

« Disce, loqui nam, quidquid id est, Dux, inquit, oportet ;

« Falconem ille tuum sibi munus habere volebat,

« Sprevit et insanis conantem obsistere cœptis ;

« Certum deinde mori, nisi avis potiatur. — Ob unum

« — Quoi ! » dit l'époux , « pour un faucon, Madame ?

« J'en aurais cent qu'à mon cher Lusignan

« Il eût fallu les donner sur-le-champ.

« De ce refus mille fois je vous blâme.

« — Vous l'entendez , Lusignan , levez-vous ,

« Je vous promets l'oiseau de mon époux. »

De Lusignan figurez-vous l'ivresse ,

Ami lecteur , quand la bonne duchesse ,

Peut-être moins pour tenir sa promesse

Que par amour , lui fit le lendemain

Don de l'oiseau dont il avait si faim.

« Falconem ! Omnis erat dilecto danda ministro,

« Vel centena, cohors. Peccasti dura repulsa.

« — Audis, surge, puer, tibi avem promitto mariti. »

Lætitiam juvenis fingas tibi, lector amice,

Optima quum, forsan promisso ut staret, amore

Tacta jecur potius, quam tantopere ille volucrem

Esuriebat, ei mox dat matrona fruendam.

www.ingramcontent.com/pod-product-compliance
Lightning Source LLC
Chambersburg PA
CBHW060842180626
46818CB00004B/1545